ただいるだけで

相田みつを

PHP

父の理想像――「まえがき」にかえて

「相田みつををどこでお知りになりましたか？」

と、ご来館されたお客様に伺うことがあります。本屋さんでとか、居酒屋さんのトイレで、など答えは様々です。父には「トイレ用日めくり　ひとりしずか」という作品集があるので、トイレでの出逢いも多いのですね。

そういう中に時折、結婚式でというのがあります。祝辞にみつをさんの詩が引用されていて、それで知りましたという方が結構いらっしゃいます。結婚式は、賑《にぎ》やかでお酒も出されますから、難しい言葉は耳を素通りしてしまいます。父の作品は個性的な文字の方に目が行きがちですが、実は、詩には独特のリズムがあります。それに誰にでもわかる言葉ですから、耳に馴染《なじ》み、すぅっと入ってきます。結婚式でよく紹介される理由の一つでしょう。

もう一つの理由は詩の「中身」です。「にんげんだもの」という書を残した父は、善い面も悪い面も含めて、人間のすべてを肯定するという姿勢で筆をとっていました。だからこれから二人で長い人生を歩んでいく新郎新婦に、ふさわしいのかもしれません。

私が見聞きした範囲でよく使われるのは、「ひとりでもいい」「観音さまのこころ」「つまづいたおかげで」などですが、おそらく一番人気?なのが本書のタイトルにもなっている「ただいるだけで」です。新郎と新婦がお互いに抱くイメージであり、どちらの立場からも読めるからでしょうか。父の優しい母性的な面を代表する一編です。

私はよく質問されます。父の周りに、この詩のモデルのような人がいたのでしょうか、と。

確かに、目の前に「そんなあなた」がいて、その人を見ながら書いたような自然な雰囲気のある詩ですね。実は、私は父が自分の理想像を描いたものだと考えております。もちろん父本人がこうであったわけではありません。父は、痩せ型で眼光炯炯《けいけい》、普段は柔らかさよりも剛直さを感じさせる人間でした。父の詩は、誰もが心の中に持っているものをずばり言い表すところがあります。「ただいるだけで」にふれることで、いつも漠然と憧れていたものが「そんなあなた」というはっきりとした形で見えてくるのではないでしょうか。そうすると、この詩は父の理想像であるだけでなく読者の理想像であるとも言えます。

本書は、特に詩と書の関係に留意して編集されました。父は、詩をさらに凝縮する形で書にしていたからです。書の背後にある父の思いを詩を通して感じていただければ幸いです。

平成3（1991）年の12月に亡くなった父は、その直前まで「PHP」誌の連載原稿を書いておりました。翌年の1月から連載を開始してやがては書籍化するという構想があったからです。父は、張り切って1月と2月の原稿を完成させ、3月号を書いている途中で倒れたのでした。没後25年目にこういう形で実現して、父はほっとしていることでしょう。

最後に本書のきっかけを作ってくださったNPO法人「日本を美しくする会」相談役の鍵山秀三郎様、担当の阿達ヒトミ氏、装幀のハッピーアンドハッピーの甲谷一さんと秦泉寺眞姫さんに心より感謝と御礼を申し上げます。

相田みつを美術館　館長　相田一人

第5章 そっとしておいて

第6章 かんのんさま

ブックデザイン　甲谷一（ハッピーアンドハッピー）
秦泉寺眞姫（ハッピーアンドハッピー）

第1章
あなたがそこにただいるだけで

ただいるだけで
あなたがそこに
ただいるだけで
その場の空気が
あかるくなる
あなたがそこに

ただいるだけで
みんなのこころが
やすらぐ
そんな
あなたにわたしも
なりたい

みつを

Tさん

Tさん
昨日はね
本当のことをいうと
ぐちをこぼしに行ったんです
涙をこぼしに行ったんです

それなのに
あなたの顔を見たとたん
その必要がなくなりました
あなたのいれてくれた
あったかいお茶をいただいていたら
ぐちも涙も出なくなりました

あなたの顔を見ただけで
わたしの心は満たされるんです
玄関の柱にかけてあった
一輪ざしの
桃のつぼみのように
いまわたしの胸の中は
ほのぼのとふくらんでいます

Tさん
あなたが
みていてくれるから
いつでも背中が

あったかい
あなたはわたしの
觀音さまだ

みつを

おてんとうさまの
ひかりをいっぱい
吸ったたあったかい

座ぶとんの
ような人
みつを

ひとりでもいい

あなたにめぐり逢えて
ほんとうによかった
生きていてよかった
生かされてきてよかった
あなたにめぐり逢えたから

つまづいてもいい
ころんでもいい
これから先
どんなことがあってもいい
あなたにめぐり逢えたから

ひとりでもいい
こころから
そういって
くれる人が
あれば——

出逢い
いつどこで
だれとだれが
どんな出逢いをするか
どういう

めぐり逢いを
するか
それが大事なんだ
なあ

みつを

声

あなたの声を
電話で聞いた
だけで
その日一日

こころが
なごむ
理屈じゃねんだよ
なあ

みつを

しあわせは
いつも
じぶんの

こころが
きめる

みつを

第2章

じぶんが自分になるための

肥料

あのときの
あの苦しみも
あのときの
あの悲しみも

みんな肥料に
なったんだなあ
じぶんが自分に
なるためり

みつを

自分の花——雑草のうた

わたしは道ばたの雑草です
名前はありません
図鑑を調べればわたしにも
名前はあるんでしょうが
一度も名前を呼ばれたことがありません
そしてだれからも
相手にされたことがありません
雑草々々とただ嫌われるだけです
だからわたしは
自分の名前を知りません

いま歩道のはじのコンクリの
わずかな割れ目がわたしの住み家
そこがいのちの授かった場所ですから
土も殆どありませんし

肥料などは全くありません
その上　学校に通う子供達の
運動靴によく踏まれます
それでもぐちや泣きごとを
言っているひまがありません

冬がくるまでに
一つぶでも二つぶでも
具体的にタネを残してゆくために
いま一生けんめいに
花を咲かせているんです
だれにも見てもらえない
小さな小さな花ですが
いのちいっぱいの
自分の花を!!
踏まれても踏まれても
くじけることのない
雑草の花を!!

道

長い人生にはなあ
どんなに避けようとしても
どうしても通らなければ
ならぬ道というものが
あるんだな
そんなときはその道を
黙って歩くことだな
愚痴や弱音を

吐かないでな
黙って歩くんだよ
ただ黙って
涙なんか見せちゃダメだぜ

そしてなあ
そのときなんだよ
人間としての
いのちの根が
ふかくなるのは

みつを

一番大事な
ものに一番大事
ないのちをかける

花を支える枝
枝を支える幹
幹を支える根
根はみえねんだ
なあ

みつを

根さえ
しっかりしていれば
枝葉は
どんなに

ゆれたって
いいじゃないか
風にまかせて
おけばいい

みつを

みかんも
りんごも
おたがいに
くらべっこも
競争もしないけれど
それぞれに

いのちいっぱいに
じぶんの
花を咲かせ
じぶんの実を
つける

みつを

この世は
わたしが
わたしになる
ところ

あなたが
あなたに
なるところ

みつを

第3章

あなたのこころがきれいだから

みんなほんもの
トマトがねえ
トマトのままでいれば
ほんものなんだよ
トマトをメロンに
みせようとするから
にせものに

なるんだよ
みんなそれぞれに
ほんものなのに
骨を折って
にせものに
なりたがる

みつを

トマトとメロン

トマトにねえ
いくら肥料やったってさ
メロンにはならねんだなあ

トマトとね
メロンをね
いくら比べたって
しょうがねんだなあ

トマトより
メロンのほうが高級だ
なんて思っているのは
人間だけだね
それもね
欲のふかい人間だけだな

トマトもね　メロンもね
当事者同士は

比べも競争もしてねんだな
トマトはトマトのいのちを
精一杯生きているだけ
メロンはメロンのいのちを
いのちいっぱいに
生きているだけ

トマトもメロンも
それぞれに　自分のいのちを
百点満点に生きているんだよ
トマトとメロンをね
二つ並べて比べたり

競争させたりしているのは
そろばん片手の人間だけ
当事者にしてみれば
いいめいわくのこと

「メロンになれ　メロンになれ
カッコいいメロンになれ!!
金のいっぱいできるメロンになれ!!」
と　尻ひっぱたかれて
ノイローゼになったり
やけのやんぱちで
暴れたりしているトマトが
いっぱいいるんじゃないかなあ

忍

がまんをするんだよ
がまんをするんだよ
くやしいだろうがね
そこを**がまん**を
するんだよ

そうすれば
人のかなしみや
くるしみが
よくわかって
くるから

みつを

み

本の字

本人本当本物

本心本気本音

本番本腰

本質本性

本覚 本願

本の字のつくものはいい

本の字でゆこう

いつでもどこででも

何をやるにも

みつを

あなたのこころが

あなたのこころが
きれいだから
こんな小さな野の花が
宝石のように
きれいに見えるんですね

あなたのこころが
うつくしいから
遠い谷間の小鳥の声が
うつくしい笛の音に
聞こえるんですね

あなたのこころが
きれいだから
見るもの聞くもの
すべてがきれいに
うつるんですね

うつくしいこころの人には
うつくしい姿を見せるんですね
花でも小鳥でも……

あなたの
こころが
きれいだから

なんでもきれいに
見えるんだ
なあ

みつを

第4章

生きているんだもの

素数

にんげんはねえ
人から素数を
つけられるために
この世にうまれて

きたのではないんだよ
にんげんがさき
点数は後

みつを

雨の日には雨の中を
風の日には風の中を

暖かい春の陽ざしを
ポカポカと背中に受けて
平らな道をのんびりと歩いてゆく――
そんな調子のいい時ばかりはないんだな
あっちへぶつかり
コッちへぶつかり
やることなすこと
みんな失敗の連続で
どうにもこうにも
動きのとれぬことだってあるさ、

当《あて》にしていた
友達や仲間にまで
そッポをむかれてさ
どっちをむいても
文字通り八方ふさがり――
四面楚歌ッてやつだな
それでも
わたしは自分の道を自分の足で
歩いてゆこう
自分で選んだ道だもの――

雨の日には雨の中を
風の日には風の中を

涙を流すときには
涙を流しながら
恥をさらすときには
恥をさらしながら
口惜しいときには
「こんちくしょう!!」と
ひとり歯ぎしりを咬んでさ
黙って自分の道を歩きつづけよう
愚痴や弁解なんて

いくら言ったッて
何の役にも立たないもの——
そしてその時こそ
目に見えないいのちの根が
太く深く育つ時だから
何をやっても思うようにならない時
上にのびられない時に
根は育つんだから——

雨の日には雨の中を
風の日には風の中を——

つまづいたおかげで

つまづいたり　ころんだり　したおかげで
物事を深く考えるようになりました

あやまちや失敗をくり返したおかげで
少しずつだが
人のやることを　暖かい眼で
見られるようになりました

何回も追いつめられたおかげで
人間としての　自分の弱さと　だらしなさを
いやというほど知りました

だまされたり　裏切られたり　したおかげで
馬鹿正直で　親切な人間の暖かさも知りました
そして……
身近な人の死に逢うたびに

人のいのちのはかなさと
いま　ここに
生きていることの尊さを
骨身にしみて味わいました

人のいのちの尊さを
骨身にしみて　味わったおかげで
人のいのちを　ほんとうに大切にする
ほんものの人間に裸で逢うことができました

一人の　ほんものの人間に
めぐり逢えたおかげで
それが　縁となり
次々に　沢山のよい人たちに
めぐり逢うことができました

だから　わたしの　まわりにいる人たちは
みんな　よい人ばかりなんです

あなたの顔を
みていると
こころの中の
波がしずまる

みつを

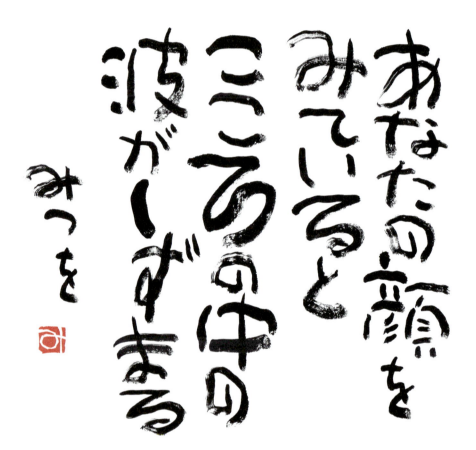

つまづいたって
いいじゃないか
にんげんだ
もの

みつを

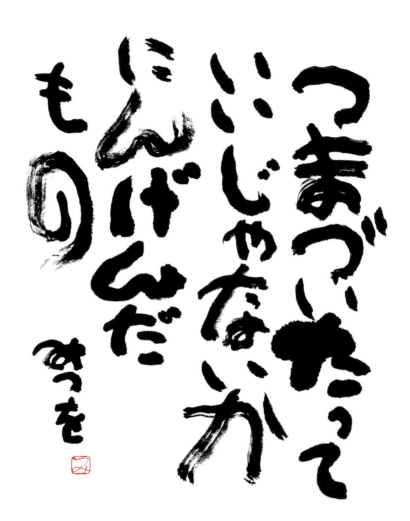

波紋

Tさんへ

Tさんなあ
あなたの気持
よくわかるけれど
いまはなんにも
いわぬほうがいいな
いえば弁解になるから

静かな池の水面にさ
小石をポチャンと落とすだろ
水面いっぱいに波紋ができるよね

その波紋を静めようと手で押える
すると押えた手のところへ
また新らしい波紋ができてしまう
だからね、波紋を静めるにはね
そのままにしておくことが
一番いいんだよ

あなたが弁解すれば
弁解したところに
また新らしい波紋ができる

苦しいだろうがね
いまはなんにもいわぬほうがいい

その代り、やることだけは
やっておくんだよ
あんなに降った雪でも

時期がくればいつか自然に解けて
土の中から水仙の芽が
ちゃんと出てくるものね

弁解やいいわけよりも
いま、ここで、やるべきことを
具体的にやってゆくことだね
雪におおわれた土の中の
球根のように——

いろいろ
あるんだな
にんげんだもの
いろいろ

あるんだよ
生きているん
だもの

みつを

一生勉強

一生青春
みつを

生きていて

よかった

みつを

第5章

そっとしておいて

そっとしておいて

どうかことばを
かけないでください
ただ　そっとしておいてください
わたしのことを
ほんとに思って
くれるならば

どうかもうなんにも
言わないでください
どうか黙っていてください
わたしのことを
こころから考えて
くれるならば

いまのわたしには

どんなことばも
どんな慰めごとも
役には立たないのです
ことばをかけられると
それだけで心の傷が
痛むんです

ただそっとしておいてください
ただ黙って
遠くから見ていてください
いまのわたしには
それが一番いいんです
一番ありがたいんです

どうかなんにも
しないでください
ことばをかけないでください
ただ　そっとしておいてください

ひとりに
なりたい
ひとりは

さびしい

みつを

み

セトモノと
セトモノと
ぶつかりっこすると
すぐこわれちゃう
どっちか
やわらかければ

だいじょうぶ
やわらかいこころを
もちましょう
そういうわたしは
いつもセトモノ
みつを

そっとしておく

余計なことだったかな
うん、余計なことだったな
頼まれもしないのに
勝手に先まわりして……

こっちは親切のつもりで
やったことだけれど
当人にとっては
余計な〈おせっかい〉だったかも
そっとしておくことが
一番よかったのに

親切という名のおせっかい
そっとしておく思いやり
慈善という名の巧妙な偽善
まだ青い稲の上をわたる
風の行方を見ながら
ひとりつぶやく朝でした

そっと
しておく

ひぐらしの声

ああ今年も
ひぐらしが鳴き出した
ひぐらしの声は
若くして戦争で死んだ
二人のあんちゃんの声だ
そして
二人のあんちゃんの名を
死ぬまで呼びつづけていた

悲しい母の声だ
そしてまた
二人のあんちゃんのことには
ひとこともふれず
だまって死んでいった
さびしい父の声だ

ああ今年も
ひぐらしが鳴き出した

みつを

悲しみがほんものになる時

Kさん、あんたもな…
いまのわたしには
たゞそれだけしか言えない

こういう時には
どんなことばも通用しない
ことばのむなしさを
いやッというほど知っているから
たゞ黙って遠くから見ているだけ

葬式、初七日、四十九日、
人の出入りがあるうちはまだいい
そのうちぱッたりと人が来なくなる

その時なんだな
悲しみが澄んでくるのは
その時なんだな
悲しみが冴えてくるのは
そして

悲しみがほんものになるのも
その時なんだな

Kさんな
あなたの悲しみが
ほんものになった時　わたしは
あなたに読んでもらいたいものがある
フランスの詩人
ジャン・タルジューという人の
詩の一節です

悲しみで澄んだ
深い眼《まなこ》で読んでもらいたい

死んだ人々は
還ってこない以上
生き残った人々は
何がわかればいい？

何がわかればいい…？
何がわかればいい…？
……………………？

身近かな人の死
に逢うたびに
わたしは人間のいのちの
はかなさにガクゼン
とします
この世に人間として

生きている尊さ
を骨身にしみて
感じる時わたしには
仕事への闘志が
湧いてきます
昭和三十六年秋
みつを

ひとりぼっちのつばめ

十一月六日の朝
街の中の電線にわたしは
一羽のつばめを発見しました。
陽は高く昇りながら
空気の冷たい朝でした。

つばめだとわかったのは
椋鳥の群がきてそれを追い払った時です。
ひえびえとした空気の中を
飛び立った姿は
まちがいなくつばめでした。

夏の頃の敏捷さはなく
気のせいか
なんだか弱々しい飛び方でしたが

椋鳥に追われて
空の彼方へ飛んでゆきました。

仲間の群から外れて
南へ帰りそびれたつばめでしょう。
ここは間もなく
冷たいカラッ風が吹くから
つばめの冬越しはできません。

海を渡って仲間のところへ
飛んでゆく力がないならば
少しでもあったかい
南の方へ飛んでゆくがいい
あったかいところで
来春、仲間のくるのを

じっと待つがいい

椋鳥よ、
多勢を頼んで
ひとりぼっちの
つばめをいじめないでくれ
ひとりぼっちのつばめは
お前達にいじめられても
声も出さずに逃げたじゃないか
「お父さん!!　お母さん!!」
と、声を出しても
飛んできてくれる
親がいないからです。

どんなにいじめられても
どんなにつらくても
親のない子は
声を出しては泣かないそうです。

声を出せないのじゃない
出しても空しいからです。
どんなに泣き叫んでも
だれもきてはくれないからです。
声をだして泣ける子はしあわせなんです。

椋鳥達に追われた
ひとりぼっちのつばめは
泣き声も出さずに
冷たい空の彼方へ飛んでゆきました。
声は出さないけれど
つばめは泣いていたのです。

声を出さずに
小さなからだをふるわせながら
泣いて行ったのです。

泣

強がりなんか
いうことないよ
やせがまんなど
することないよ
だれにえんりょが

いろもんが
声をかぎりに
泣くがいい
ただひたすらに
泣けばいい

みつを

のに

あんなに世話を
してやったのに
ろくなあいさつもない

あんなに親切に
してあげたのに
あんなに一所懸命
つくしたのに
のに……
のに……
のに……

〈のに〉が出たときはぐち
こっちに〈のに〉がつくと
むこうは
「恩に着せやがって——」
と　思う

庭の水仙が咲き始めました
水仙は人に見せようと思って
咲くわけじゃないんだなあ
ただ咲くだけ
ただひたすら……

人が見ようが見まいが
そんなことおかまいなし
ただ　いのちいっぱいに
自分の花を咲かすだけ
自分の花を——

花は　ただ咲くんです
それをとやかく言うのは人間
ただ　ただ　ただ——
それで全部
それでおしまい
それっきり

人間のように
〈のに〉なんてぐちは
ひとつも　言わない
だから　純粋で
美しいんです。

ひとの世の
しあわせは
人と人とが逢う
ことからはじまる
よき出逢いを

みつを

第6章

かんのんさま

かんのん讃歌

アノネ
かんのんさまが
みていてくれるよ
なにもかも
みんな承知でね
かんのんさまが

みてくれるよ
いいわけやべんかい
なんかしなくてもね
かんのんさまが
ちゃんとみていて
くれるよ

みつを

観音さまのこころ

夏は涼しく冬はあったかい
—二人の門出のために—

話し上手よりも聞き上手
ということばがあります

聞き上手のチャンピオン
それが観音さまです
だから観音さまのことを
観世音菩薩と呼ぶんです

どんな話でも
どんな悩みでも
だれかれの差別なく
「ふうん、そうか、それは大変だろうな……」

「さぞ苦しかったろうなあ……」
「痛かったろう……こんなになって……」
と、相手の立場になりきって
親身に聞いてくれる人
それが観音さまです

自分のことはいつもあとまわし
常に他人《ひと》の幸せを願って生きている人
人のために人のためにと
ただ黙って動いている人
それが観音さまです
だから観音さまのまわりには

人がいっぱい集まるんです
浅草の観音さまのように

夏は涼しい部屋に
冬はあったかいストーブのまわりに
人は自然に集まるものです
そこが一番居心地がいいからです
居心地のよいところに人は落着きます
落着くから心が安らぎます
人の心に落着きと安らぎを与えるもの
それが観音さまです

家庭《いえ》は人間の安らぐところ
安らぎのある家には
必ず聞き上手の
観音さまがいるものです

夏は涼しく
冬はあったかい
こころのくばられている家
それが観音さまのいる家です
どうか二人でお互いに
落着きと安らぎのある
家庭を作ってください

夏は涼しく冬はあったかい
観音さまのこころで
平和な家庭を作ってください

かんのんさま は
どうして
こんなにしずかなの
かなしみに
たえたんだから
どうしてこんなに

やさしいの
ひとの世の
くるしみに
一番泣いた方
だから

みつを

み

うしろめたさ

このことだけは
だれにもいえない
あのことだけは
死んでもいえない

人間はねぇ
だれでもそういうものを
持っているんですよ
仏さまにしかいえないような
うしろめたさと汚さをね

人間はね、なんていうと
他人《ひと》ごとに聞こえますが
これは自分のことです
仏さまにもいいたくない
うしろめたさと汚さを
いっぱい持っている
この自分のことですよ

浄玻璃の
鏡のまえに
立つまでは
ひめておきたし
あのことも
このことも

みつを

部屋に一枚

部屋に一枚
いい顔の
仏像の写真を
飾ってみませんか

それだけで
あなたの部屋が
しっとりとします。
あなたの部屋に
気品がただよいます。

部屋に一枚
静かな顔の
観音さまの写真を
飾ってみませんか

それだけで
あなたの部屋が
静かになります。
部屋は静かでなければ
子供が落着きません。

仏像は人間の理想の顔
あらゆる悲しみに堪えた顔
ひとことも弁解をしない顔
そして、深い憂いを秘めた顔

毎日見ているだけで
子供のこころがよくなります。
あなたのこころがふかくなります。

幼い子供を育てる間は
お母さんの心が落着かないから
やさしい顔の
仏さまの写真を飾ることを
おすすめします。

高価な絵は買えないけれど
仏像の写真ならば
安く手にはいります。

部屋に一枚いい顔の
仏像の写真を
飾ってみませんか。

いのち

あのね
自分にとって
一番大切なものは
自分のいのちなんだよ

だから
すべての他人の
いのちが
みんな大切なんだよ

みつを

ぐ　ち

ぐちをこぼして
ゆくんだね
なみだをながして
ゆくんだね
だれにも気がねは
いらぬから

えんりょしなくて
いいんですよ
ぐちをこぼして
ゆくがいい
なみだをながして
ゆくがいい

みつを

おかげ
おかげ
おかげさん

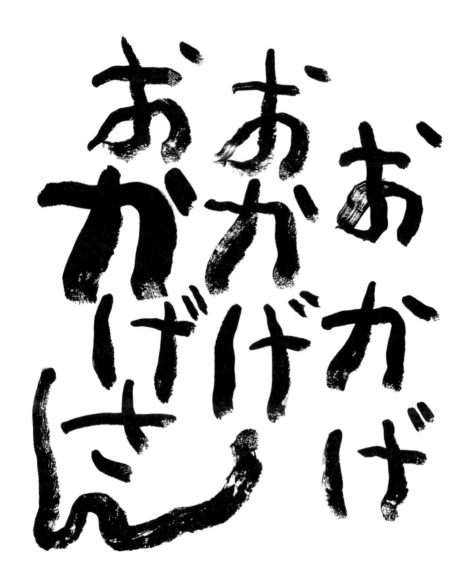

合掌

みつを

相田みつを（あいだ みつを）

書家・詩人。1924（大正13）年、栃木県足利市に生まれる。旧制栃木県立足利中学校卒業。旧制中学の頃から、短歌、禅に出会い、独自の世界観を書として表現する。1984（昭和59）年、『にんげんだもの』（文化出版局）が出版され、作品が広く知られるようになる。1991（平成3）年、67歳で永眠。1996（平成8）年、東京・銀座に相田みつを美術館開館。2003（平成15）年、丸の内・東京国際フォーラムに移転。
著書には、『一生感動 一生青春』『しあわせはいつも』『じぶんの花を』『本気』『いのち』『相田みつを 肩書きのない人生』（以上、文化出版局）、『おかげさん』『いまここ』『生きていてよかった』『いのちいっぱい』（以上、ダイヤモンド社）、『いちずに一本道 いちずに一ッ事』（角川文庫）ほかがある。

相田みつを美術館
〒100-0005 東京都千代田区丸の内3-5-1 東京国際フォーラムB1
TEL 03-6212-3200（代表） http://www.mitsuo.co.jp/

ただいるだけで

2017年 1月11日 第1版第1刷発行
2024年 3月20日 第1版第7刷発行

著　者　相田みつを
発行者　永田貴之
発行所　株式会社PHP研究所
東京本部　〒135-8137 江東区豊洲5-6-52
ビジネス・教養出版部　☎03-3520-9615（編集）
普及部　☎03-3520-9630（販売）
京都本部　〒601-8411 京都市南区西九条北ノ内町11
PHP INTERFACE　https://www.php.co.jp/

印刷・製本所　図書印刷株式会社

ISBN978-4-569-83365-1